LE
BANQUET DE 1856

DES ANCIENS ÉLÈVES

DES ÉCOLES IMPÉRIALES DES ARTS-ET-MÉTIERS

AU

JARDIN D'HIVER

FLAGELLATION

PAR J. MEIFRED

Professeur du Conservatoire impérial de musique, membre de la Légion-d'Honneur

---

PARIS

DE SOYE ET BOUCHET, IMPRIMEURS

2, PLACE DU PANTHÉON

1857

LE

BANQUET DE 1856

DES ANCIENS ÉLÈVES

DES ÉCOLES IMPÉRIALES DES ARTS-ET-MÉTIERS

AU

JARDIN D'HIVER

FLAGELLATION

PAR J. MEIFRED

Professeur du Conservatoire impérial de musique, membre de la Légion-d'Honneur

PARIS

DE SOYE ET BOUCHET, IMPRIMEURS

2, PLACE DU PANTHÉON

1857

LE BANQUET DE 1856

AU

JARDIN D'HIVER

FLAGELLATION

Ce qui naît a vécu, ce qui meurt revivra ;
L'homme qui croit créer, se méprend, il retrouve ;
Les siècles savent tout, chaque jour nous le prouve.
    Ce qui s'est vu se reverra.
Ainsi, par le passé, le présent se devine,
    Le neuf se fait avec l'ancien :
Les paniers d'autrefois s'appellent crinoline ;
    L'apothicaire est pharmacien ;
Le savetier, qui veut anoblir son alène,
Se dit restaurateur de la chaussure humaine ;
    Le coiffeur, hier perruquier,
Jugeant son titre encore un peu vulgaire,
Se nommera demain artiste capillaire !

A son comptoir, le modeste épicier,
Colon négociant, fièrement se redresse ;
On ne parle plus au portier,
C'est au concierge qu'on s'adresse !

. . . .

Ce qui naît a vécu, ce qui meurt revivra,
Ce qui s'est vu se reverra.
Telle est la loi de Dieu, souveraine, immuable,
Livre immense où tout est écrit !
Et cependant, innocent ou coupable,
Le doute, en ce moment, traverse mon esprit,
Ma conscience est indécise.
Oui, nous pourrons revoir la touchante Artémise
Gémir sur le tombeau de l'époux qu'elle aima ;
Le ténor, qui n'est plus, un soir nous reviendra ;
Oui, la liberté, belle et fière,
Comme un phare éclatant, en France brillera !
Mais ce piètre banquet, traquenard culinaire,
N'aura pas son anniversaire ;
Les siècles se succéderont,
Nos arrière-neveux jamais ne le verront !...

. . . .

Le Code et Dieu punissent l'homicide,
Le Code et Dieu frappent le parricide.

Si leur justice un jour m'abandonnait ces droits,
    J'édicterais de plus sévères lois :
        C'est trop peu que la guillotine,
        Ce n'est pas assez que l'enfer;
Il faudrait au coupable infliger 'a cuisine
        Que l'on fait au Jardin d'Hiver!...

.   .   .   .

Oserai-je éclairer d'un rayon de lumière
Ce dégoûtant tableau qui souleva le cœur ?
    O Juvénal, prête-moi ta lanière
        Pour flageller l'empoisonneur !

.   .   .   .

Le plaisir qu'on attend ne vient qu'avec lenteur,
        Quand il nous quitte, il a des ailes !
C'est au Jardin d'Hiver qu'espérant le trouver,
        Chacun de nous se'hâtait d'arriver.
        Au rendez-vous nous fûmes tous fidèles ;
        Anciens, modernes et nouveaux,
        A leur entrée excitent des bravos,
Et l'on voyait briller, comme autant d'auréoles,
Sur leurs fronts lumineux le nom des trois écoles!
    Plusieurs d'entre eux ne s'étaient jamais vus,
Un moment a suffi, tous se sont reconnus !
Alors cent gais propos bourdonnent aux oreilles,

C'est la voix du forum, c'est un essaim d'abeilles :
      Littérature, prose, vers,
Beaux-arts, chemins de fer, hauts-fourneaux, mécanique,
Sondages, traction, forges, ponts, dynamique,
L'on traite, *ex professo*, mille sujets divers,
    Et c'était là le plus beau des concerts !
Le menu du banquet se discute d'avance,
On passe la revue, on vante l'excellence
Des produits exposés chez Potel et Chabot ;
L'un préfère la truite et l'autre le turbot.
L'imagination s'exaltant par l'attente,
L'air nous semble embaumé des suaves senteurs
      De la truffe odoriférante,
Qui recèle en ses flancs de secrètes ardeurs !...
Agent provocateur de tous les sucs gastriques ;
L'appétit nous ramène à ces temps faméliques
Où Béranger chantait : « Quels dînés ! Quels dînés !
      « Les ministres m'ont donnés !
      « Oh ! que j'ai fait de bons dînés ! »

Celui-ci cependant tardant trop à paraître,
Tout bruit cesse bientôt, Gaster seul parle en maître.
      A chaque instant, un visage pâlit,
      Plus de rire, plus de faconde...

Silence inquiétant, car, de Bièvre l'eût dit,
   Il annonçait *la faim* du monde!...
— Servez, servez! Ce mot, par l'écho répété,
Est électrique : on court, on vole, en vérité ;
Vers le fer à cheval, chacun se précipite,
   Avec l'appétit d'un Lapithe
   Et l'estomac surexcité !...
La cloche sonne. « En place! en place! en place !
   Le spectacle va commencer!... »
Il est des souvenirs que jamais rien n'efface !
Quel opéra! grand Dieu! Faut-il le retracer?
   Vous rappelez-vous l'ouverture ?
Ce premier coup d'archet, attaqué sans mesure,
Ce potage inouï, nauséabond, amer,
Carotte délayée avec de l'eau de mer.
« Garçon! qu'est-ce cela? — C'est... une printanière...!
— C'est une printanière!—Oui, monsieur, sur l'honneur.»

   O Juvénal! prête-moi ta lanière
      Pour flageller l'empoisonneur !

   Honte au potage ! honte à cette piquette
      Qu'effrontément on appela du vin !
   Le plus fameux chimiste, à moins qu'il soit devin,
      N'en eût pas décrit la recette !

Mon voisin m'interroge et ma langue est muette :
« Qu'en dis-tu, Manlius ? Quel singulier bouquet ! »
Je déguste en tremblant cette drogue inconnue ;
    Mais, plus que moi philosophe, Couttet
Se saisit de ma coupe et la vide d'un trait...
Ah ! j'ai cru voir Socrate avalant la ciguë !

Un linge, qui fut blanc, couvre le relevé,
    Et ce linceul à peine soulevé,
Partout règne une odeur à donner le vertige ;
Les plantes du jardin se penchent sur leur tige...
« Vous paraissez surpris, dit le chef en passant.
Ne vous prononcez pas ; il faut goûter avant.
Quant au parfum nouveau, la science l'explique ;
    Adressez-vous à Coste, le savant,
    C'est un saumon de sa fabrique !... »
Sur un énorme plat et non loin du saumon
        (Puisque c'est ainsi qu'on désigne
        Ce margouillis fadasse, indigne),
On voit un autre mets dont j'ignore le nom :
C'est un lopin de chair, à la forme aplatie,
    Qui n'a pas sa catégorie ;
Restes soudés entre eux d'un vieux bœuf mal pourri,
    Mal tué, mal cuit, mal servi ;
Décor numéroté du repas qui se donne,

Dont l'aspect frappe l'œil, mais ne tente personne.*

Les plus hardis pourtant se risquent, vain espoir !

(Un Chacal affamé n'aurait osé le faire.)

Ils goûtent ! Quelle horreur ! Mais quel trait de lumière !

Cette chose sans nom sortait du laminoir...

Quelques lardons piqués et rangés avec ordre

Offraient le vain secours de leur suc onctueux ;

   Déception ! Tout était filandreux

Et garrottait la dent qui prétendait y mordre !...

  . . . .

A bien d'autres affronts nous étions réservés !

Arrive ce rôti dont vous fûtes le juge,

Vous savez ?... Des poulets par la faim éprouvés,

Innocents que Noé préserva du déluge,

Et qu'un Gannal du temps sans doute a conservés.

J'ai là toujours présents, ces êtres fantastiques,

Sous des bardes de lard cachant leurs corps étiques !

   De tous côtés s'ébrèchent les couteaux,

Devant chaque convive on ne voit que des os ;

    Et c'est alors que le jour tombe,

Refusant d'éclairer ce menu catacombe...

---

* La religion de notre camarade Vincent, commissaire de la décoration du banquet, aura sans doute été surprise.

Éclats de rire!... bruit!... Tohu-bohu complet!
La voûte de cristal s'ébranle à nos paroles !
— Du gaz ! — Une veilleuse! Un bougeoir ! s'il vous plaît !
J'attendais deux quinquets, viennent trois girandoles!
C'est le feu d'artifice, en voici le bouquet.

. . . .

Chaque bobèche a reçu sa bougie,
Par la poussière et par le temps jaunie ;
Ces bouts (c'étaient des bouts !) d'inégales longueurs
Éclairent le dessert de leurs pâles lueurs ;
Et ce dessert qu'un liquide accompagne,
Suresnes baptisé sous le nom de champagne,
Resserre l'estomac et provoque un frisson :
C'est une affreuse macédoine
De fruits gluants que le bon saint Antoine
Eût hésité d'offrir à son vieux compagnon !

Sans m'épancher en regrets inutiles,
Je cite encor l'assaut, l'héroïque combat
Que nous dûmes livrer aux amandes fossiles
Qui figuraient à table en guise de nougat !...
Comme vous le voyez, tout se lie et concorde,
Et la péroraison est digne de l'exorde ..

Mais de ce dénoûment voici le merveilleux :
Deux êtres singuliers, au teint bitumineux,
Rôdent autour de nous réclamant un salaire ;
Puis une voix, mêlée à des ricanements,
S'écrie : « Ah ! quel bonheur !... nous n'aurons rien à faire ! »
Quelle était cette voix ? .. Celle des cure-dents !!

. . . .

La dernière bougie, épave solitaire,
Projetait à regret sa mourante lumière,
Quand tout à coup s'éteint ce triste lumignon...
Cri général : — « Bravo ! — Bonsoir la compagnie...
   — C'est le couplet final de la chanson !
— C'est la rampe baissée et la farce accomplie ! »
Après ce formidable et burlesque unisson,
Chacun cherche à tâtons la porte de sortie,
Et part en maugréant, ayant soif, ayant faim,
Sans trouver son ami pour lui serrer la main !

————————

ÉPILOGUE

Un auteur, ce n'est pas Molière,

A dit : « *Tout bon Français doit souffrir et se taire*

Sans murmurer * . »

En suivant ce conseil, il faut le déclarer,

Nous nous sommes montrés dignes des temps antiques,

Et pour mon compte j'en suis fier,

---

*Aphorisme de M. Scribe, dans *Michel et Christine*.

Car j'espère une page aux *fastes historiques*
Qu'édite le Jardin d'Hiver.

. . . .

Nous oublierons ce jour néfaste, lamentable,
Mais le ciel a jugé qu'il est plus d'un coupable.
On prétend que, la nuit, un cauchemar hideux
Vient troubler le sommeil de chaque commissaire,
   Que Prométhée eut un sort moins affreux :
Cloués, pâles, tremblants, à ce banquet honteux,
Le vautour qui les ronge est un *ver solitaire*...
   Vous frémissez !... Je m'arrête... il est temps !...
Mais Némésis me parle... elle est là... je l'entends !
   Plus qu'une fois, ce sera la dernière,
   O Juvénal, prête-moi ta lanière !...

. . . .

   Puisse l'indigne gargotier
N'avoir pour se nourrir que les rats du quartier !
Et si de ses fourneaux pétille encor la flamme,

Puisse le diable un beau matin
S'emparer du corps et de l'âme
De cet empoisonneur infâme
Qui de chacun de nous a fait un Ugolin ! *

J. SIEIFRED

---

* Voyez l'*Enfer*, du Dante.